KB259810

선물

선물
최대희 시집

초판 인쇄 | 2013년 09월 23일
초판 발행 | 2013년 09월 26일

지은이 | 최대희
펴낸이 | 신현운
펴낸곳 | 연인M&B
기　획 | 여인화
디자인 | 이희정
마케팅 | 박한동
등　록 | 2000년 3월 7일 제2-3037호
주　소 | 143-874 서울특별시 광진구 자양로 56(자양동 680-25) 2층
전　화 | 82-02-455-3987　팩스 | 82-02-3437-5975
홈주소 | www.yeoninmb.co.kr
이메일 | yeonin7@hanmail.net

값 8,000원

ⓒ최대희 2013 Printed in Korea

ISBN 978-89-6253-143-7 03810

* 이 책은 수원시와 수원문화재단의 문화예술발전기금을 지원받아 발간되었습니다.

내 선물 중 가장 소중한 것은 단 한 번뿐인 시간바다
어떤 물고기를 잡을지 궁금한 세월의 물결 출렁입니다

선물

최대희 시집

연인M&B

| 시인의 말 |

노랑, 연두, 보라, 빨강
흰색은 모두 꽃의 색깔들이다

크기와 향기가 다를 뿐
꽃을 피우기 위해 노력한
많은 시간이 숨어 있다

내 글꽃은 어떤 모습으로 피어나고 있는가,

다시
시작이다

2013. 최대희

제3부

제1부

별 눈동자

밤하늘에 깜박이는
별들을 보면
먼저 간 그리운 이들의 눈동자가
지켜보는 것 같다

시든 난초에 물은 주는지
뒷산 소쩍새 울음소리 듣는지
난전에서 양심을 팔지 않는지
희망의 불씨 잘 키우고 있는지

늘 지켜보는 것 같다

붉은 배꼽

가계의 계보가
신체의 중심부에 숨어 있다

시간의 골짜기를 거슬러 오르니
어머니의 잔잔한 자장가가 들렸고
그 어머니의 어머니가 분주히 넘나들던
문지방과 이어진 황톳길
비가 내리면 붉은 노래로 이어지는

그 길에서 만난
환희와 고통의 이분법에서
양 극단을 오가며 끊임없이
적정선을 찾아가는
생각의 중심점

내 삶의 근원이며
생명의 방패연줄
오늘도 균형 감각을 유지하며
생의 게임을 풀어 가는 건
배꼽이 준 나의 몫
나의 과제다

선물

먼 산을 물들이고
동구 밖을 물들이고
건널목을 물들이던
가을이 찾아와
앞마당 모서리가 환합니다

봄날
빗줄기에 등 구부린 민들레꽃
땡볕 여름
매미 울음으로 그늘진 느티나무를
아직 기억합니다

계절의 갈피 속, 방황하고
투정했던 나날
지금 생각해 보면 사치였습니다

되돌릴 수 없는 시간
세월의 뗏목에 밀려 불투명하게 남아 있는
지금, 눈물로 얼룩진 강을 따라가는
늦은 후회는 약이 되고
남아 있는 시간은 더욱 눈부십니다

내 선물 중 가장 소중한 것은
단 한 번뿐인 시간바다
어떤 물고기를 잡을지 궁금한
세월의 물결 출렁입니다

몽돌

먼 세월 흘러
이곳 해수욕장으로 모여든
조약돌 중
두 개를 주웠다

매끄러운 감촉이
서늘하다

망망함과
쓰라림
참선의 나날들을
차르륵 차르륵 물살에 키질한다

얼마를 버리고
또 비워야
살얼음의 비바람 속
물에 젖어 무늬 더욱 선명해지는
몽돌처럼
말갛게 물결질 수 있을까,

성난 수평선의 등을
토닥이고 또 달래며
한세월 뒹굴다

가는

사랑의 순기능

사랑에 빠진 생각이
꼬리를 물고
토종벌 날개에 매달려
꽃잎 사이를 붕붕거리는
달콤한 상상력이여
밤꽃 향기로 쏟아지는
오월의 초록 물이여
제월당 토방에 놓인
하얀 고무신 두 켤레
향기는 저녁놀처럼 섞이고

탄생

뜨거운
철판 위로
통
통통통
통통통통통…
떨
　　어
　　　지
　　　　는
물방울들

선을 긋다

어느새 돋보기를 고를 때가 되었다
신문지를 들고 곰곰 생각하니
돋보기 위로 내가 저지른 실수가 확대되었다

사각으로 분할할까
동그랗게 분할할까
날아가는 꿈을 꾸며 나비 모양으로 할까

어떤 방식으로든 나는 얼굴에 선을 그으며
분할해 나갔다

시력 2.0에서 0.2로 변화하는 동안
나의 머리카락은 갈대밭을 걷고
얼굴은 극사실주의 화가처럼 세밀하게
주름을 그려 가는데
눈이 자꾸 흐린 유리창이 된다

우린 자주 영역 다툼을 한다
어린 시절 책상을 반으로 선을 긋듯
내 구역과 당신의 구역
여자와 남자의 구역을

집 안과 밖의 구역을 나누려고 애쓰지만
경계가 모호해질 때가 있다

돋보기를 걸치니 내가 저지른 실수
영역 다툼이 아닌
타인 인정하기가 보이는 순간
진동하는 핸드폰처럼 떨렸다

색이 머리에게 묻다

너, 무슨 색 할래?

노란 개나리의 희망

보라 자주달개비의 외로운 추억

붉은 칸나의 행복한 종말,

하얀 목화의 어머니 사랑으로

점점 영역을 넓혀 가는 나의 머리칼

내 잘못 일부 사과하고 싶어

두근두근 상큼한 첫 호기심

달콤한 사과 맘으로

봄볕과 빙판길을

동글동글 잘 섞어

빨강으로 염색할래

난

빨간색

가장의 휴일

24

경쾌한 발걸음으로
집안의 무게를 껴안고 다니는
굽 높은 구두
하나
오후 햇살에 널브러져 있다

지켜보다

잔디 깎는 모습을 곁에서 지켜본다
훅, 스치는 잔디의 향기엔
달콤한 수박 냄새가 난다
세상을 푸르게 덮어 주겠다는
야무진 꿈도
가지런히 다듬어진다

입산하겠다고 떠나던 날
친구 석이는 잔디처럼 머리를 밀고 나타났다
그가 이루고자 하는 세상도
나무끼리 서로 얼싸안은 푸른 산
춤추는 푸른 언덕일진데
지금 어느 하늘 아래서
가부좌 튼 가을 호박처럼
두 손 모으고 둥그러졌을까

가로등이 스크럼 짜고 다가오는
어둠을 온화한 눈빛으로 지켜보듯
곁에서 지켜보는 것만으로도
환해지는

풍금

시골집 안방
나는 그녀가 부드러운 자장가를 부르거나
왈츠로 흥을 돋우는 것을 여러 번 본 적이 있다
어떤 때는 합창 단원들과 손잡고 전국 대회에서
일등을 한 적도 있는
신명 많은 여자

그러나
재주가 많은 그녀에게도 치명적인 약점이 있다
혼자서는 절대 소리를 내지 못한다는 것
사랑하는 이의 손길이 있어야만
절창을 풀어 낼 수 있다는 것

한때 그녀를 아침저녁 찾는
두근거리는 손길이 있었다
시간이 지나면서 소원해진 사랑 앞에
그녀는 아직도 꿈을 꾸고 있다
세상에는 침묵하는 자보다
노래하며 즐기는 자가 아름답다는 것을
그녀는 들려주고 싶은 것이다

관절마다 바람이 흥건하게 고이고
가끔 음정 불안정해 미안한 마음일지라도
그녀 생활이 바람으로 흔들리면
저음과 고음 사이를 뛰어다니며 노래를 풀어놓는다

숲 그늘에 서 있는 순록의 선한 눈빛으로
오늘도 손길을 기다리는 여자

바람의 연주

메모리얼 파크에 입주한 지 사십구일
갈 길이 먼 나이인데
서둘러 길을 유턴하듯
교통사고로 떠난

쌍봉낙타 등에 앉아 활짝 웃고 있는
사진 속 사람, 방문이 끝난 뒤
수령 삼백 년 느티나무 정자에 쉬고 있는데
나뭇가지에 매단
풍경 소리가 비 그친 햇살처럼 쏟아진다
파이프오르간처럼 크고 작은 여섯 개의 봉을
하늬바람이 심심한 듯 건드리니
번갈아 몸 흔드는 청아한 소리로
질척했던 마음이 꾸둑꾸둑해진다

때와 장소를 가리지 않는
바람의 연주에
한 사람의 이름이 지워지고
주변인은 중저음으로 부는 바람을
편곡 중이다

매듭

언덕을 넘어오던 길이
정류장에서
매듭을 엮으며 잠시 주춤거린다

매듭 하나 없이
곡선이나 직선으로 매끄럽게
살아가는 인생 어디 있겠는가

하나의 매듭을 엮는다는 건
가장 중요한
결정을 하는 것이다

한 줄로 만들거나
두 줄을 맞물려 만들던

쉽게 풀리고
힘이 가해질수록 더욱
단단해지는 매듭

또 다른 사랑의 방정식처럼

피아노

몸이 그녀를 집중한다

부드럽게 만져 주면 부드럽게 노래하고
우악스럽게 만져 주면 날카롭게 반응하는

때론 찾는 이가 없어
침묵에 잠길 때도 있지
시간을 정해 놓은 것도 아니고
약속을 미리 한 것도 아니지만
그녀만의 규칙은 있다
누군가 먼저 손을 내밀어야 마음 여는
도도한 여자

한 남자가 그녀에게 집중하자
그녀의 노래가 시작되었다
산등성이를 넘어가는 말발굽 소리
저수지 연잎 품속으로 뛰어드는 빗방울 소리로
저음과 고음 사이를 오가며
화답하는,

옷걸이

한쪽 벽을 장식한 붙박이장 안에는 알맹이 없는 자존심이 촘촘히 걸려 있다.

계절의 변화를 두께로 알려 주는 옷들 중, 올겨울엔 한번도 찾은 적 없는 빨간색 코트가 눈에 띄었다. 그 코트와 만난 건 오 년 전, 의류 코너를 돌다 내 시선을 사로잡아 애인 데려오듯 덜컥 집으로 같이 왔다. 사무실이나 놀이공원, 주점을 다니며 시간을 함께 색칠했고, 주변을 맴돌던 고추바람도 코트 속으로 뛰어들지 못했다. 옷장 문이 열릴 때마다 두근거리는 맘으로 단정히 줄 서서 간택을 기다리는 옷들, 빨간색 코트를 꺼내 입는 순간 금빛 단추가 눈빛을 반짝였다. 자존심을 걸치고 내가 따라다닌 붙박이 인생의 내가 바로 옷걸이었다.

감빛

나무에 매달린 잎사귀마다 색깔이 다른 것은
아픔의 소화 흡수 방식이 각기 다르기 때문이다

한때 열두 식구의 목소리로 집안 공기가
장터 같았던 시절을 지나 빈집을 지키는
감나무는 가지에 저녁 해를 걸어놓고
눈시울을 붉히기도 했다

추석이 며칠 지나고, 빈집이 궁금하여
찾은 고향집
까치가 물어다 준 자식들의 안부를
감잎 갈피마다 보여 주는 나무 밑동이
아버지 발바닥처럼 갈라져 있다

허공을 덮던 감나무는 가을이 되자
가지마다 그렁그렁 눈물을 매달고 있다
내 그리움을 익히고 익혀
모두 너에게 줄게 걱정하지 말라는 듯
감빛으로 물들이는 나무
그 말을 참말인 듯 믿으며

첫눈이 홍시를 꼬드겨 투신하기 전에
나무의 외로움을 덜어 주어야 한다고
감을 따고 또 따는 염치없는 것들의
손이 분주하다

견딘다는 건
서늘한 외로움을 다독이며 지나가는 것이다

제2부

푸른 기억

푸른 기억은 잔디처럼 살아나
쉽게 뽑아낼 수 없네
좋은 씨앗을 뿌리고도
수확을 놓친 농부처럼
청춘 시절의 내 가방은
크고 헐렁하기만 했네
삐져나온 생각들은 잡초로
나의 머리맡을 어지럽히고
무엇을 해야 하나 고민한 흔적은
여러 개의 껍질에 미끄러져
상처로 남아 있네
불량이라고 골라낸 감자에서 싹이 나듯
내가 버린 인연이 때론 그리울 때가 있네
산을 넘다 되돌아온 피아골 너머
지금 감자꽃은 피어 있을까?
들판을 더듬던 아버지의 장화에 묻어 온
너의 소식은
고향을 떠났다고 했다
난 지금 네가 떠난 고향에서
묵정밭에 괭이질을 시작했다

말랑한 인절미처럼 입에 착 달라붙던
첫 입맞춤의 호기심을
이 밭 어딘가에서 찾아보기라도 하듯

문 밖은 여름

커피 향이 나를 불렀다

남자란 뭘까?
너는 무표정하게 물었지
나의 기억은 청개구리 같아서
그 질문을 잊지 못하네
익숙하지 않은 안무로 서툴게 표현하는
사랑 방정식에 나는 흔들렸다
막차는 떠나고 텅 빈 공터엔
전하지 못한 음절들이 난무했다
팔딱이는 추억으로 아직도
목덜미가 가렵다
해가 지자 바다는 눈시울을 붉혔다
못된 것
무거운 사랑은 제 몸을 해체시키며
철썩이기 시작했다

문이 닫히자
안쪽이라고 믿었던 내가 밖에 서 있다

사랑

당신의 어깨

처마 밑에 지은

지상권 없는 제비집

송화 소금

감자를 볶으며
간이 맞나 한 조각 집어 먹는다
설익고 싱겁다, 소금을
조금 더 뿌렸더니
짜졌다

송화는 소나무의 꽃이고
소금은 바다의 꽃이다

염전 옆 해송에서 날아온
송홧가루가 섞여
소금의 제왕이라는 미색 소금

금싸라기 같은 인연으로
오월에 만난 당신은 송홧가루로
나에게 스며들고

한 생을 압축한 결정체

어긋난 생각 속
물결치는 내 감정을 잠재우기 위해
간의 기울기를 조절하고 있다

선인장

화원을 떠난 선인장은
사막을 찾아간다

가장 여린 속마음 보이지 않으려고
온몸을 장식한 가시 위로
눈썹에 맺힌 빗물처럼
물방울이 맺혔다

사는 것이 술 취한 발걸음이라
흐느적거릴 때
다시
하늘 바라보며 다짐하는
가시의 빛나는 결심

사랑과 가난은 감출 수 없다 했나
나는 손바닥으로 가시를 감싸 쥐고
통증을 느낀다
가시 내면에 흐르는
끈끈한 애련

제 몸에 많은
가시를 찔려 본 사람만이 느끼는
모래의 숨결이다

백설

42

젖은 대지를
말없이 말리는 햇빛처럼
맵찬 영혼의 겨울나무를
보듬어 주겠다는 듯
소리 없이 내리는
왕성한 눈발

몰입할 수도 없을 정도로
대책 없는
난분분한 사랑

연리지

가령, 멀리
달아나고 싶을 때가 있지
그럴 때
잡아 주는
따스한 생각 하나

확, 뿌리치지 못하는

사랑이 별거니?
그대에게 등을 내주고
숨소리를 듣거나
도란도란 주고받는
아득한 시선

푸른 창공 아래
두 손 맞잡은
소나무 한 쌍

중년

삐딱하게 닳은 구두 뒤축이여
평이한 삶은 아니었다
허겁지겁 입안으로 집어넣은 음식물처럼
세월은 빠르게 지나갔다
튀밥같이 깔깔한 생각 머리에 이고
화장으로 세월을 위장한 나를
한 번 더 거울 앞에서 확인하고 집을 나섰다
누수된 잠과 젖은 마음으로 만난 저녁이
강 건너에서 몇 개의 불빛으로 반짝인다
자주 불끈거리던 하체는 지금 젖은 발자국으로
어느 골목을 서성이고 있을까?
속성으로 복사되는 나날을 묶어 깻단처럼 세워 놓고
한 잔의 계획과 함께 건배를 한다

아무리 불러도 꼼짝 않는
십이월의 암갈색 외투를
나는 가졌노라고

자전거 타기

오십 고개를 넘으며 자전거를 배웠네
뒤에서 잡아 주는 줄 알고 달리다 쓰러져
팔에 금이 갔다네
혼자 배우다 넘어졌으면 한소리 들었겠으나
당신이 뒤에서 잡아 주는 척, 놓았기에
타박은 면했네

바퀴살이 여러 갈래의 마음이라면
바퀴는 내 마음과 당신 마음이었네
두 마음이 하나 되어
힘 빼기
멀리 보기
실천하기, 그리하여
원하는 곳으로 함께 가기란 걸
다치고 나서야 알았네

이리 쉬운 걸
이리 간단한 걸
오랜 시간 빗살무늬로 상처 내며
가슴앓이했다는 걸
자전거를 타며 알았네

단풍 1

떠오르는 태양보다
지는 해의 아름다움을
왜목마을에서
바라본 사람은 알지요
애잔하고 슬픈 연애소설처럼
가슴 뭉클한 열정을

온 산천을 뒤흔드는
오월의 푸른 잎사귀들 함성 소리
좋지만
세찬 비바람과 어둠의 나날을
묵묵히 걸어온 추억들
알록달록 곱게 물들이는
허공을 보면

다 내어주고
자식을 바라보는 어버이처럼
따스한 미소가 있어
바라만 보아도 평안하지요

단풍 2

서두르지 마
힘들어도
끝까지 가면
너만의 색깔 만들 수 있지

투정하지 마
실수는 누구나 해
우직하게 살다 보면
너만의 빛깔 낼 수 있지

한 생을
뜨겁게
살아간다는 증거지

발로 참회

불가마 한증막 안
세 겹의 송판을 묶어 놓은
등받이에 기대어
땀 닦고 있는 남자의 근육을 보며
나는 잠시 생각했지
청양고추 같은
자주 헛발질하던 그때를

개구리 울음에
귀가 젖는 오월 밤
즐거웠던 초록의 나날을 지나
수시로 철썩이는 마음은
방파제에 부딪혀 포말로 부서지고
철없는 사랑은
파도치는 바다처럼 출렁였지

사랑 없이 차가운 세월 어떻게 보내나
궁리하듯 새벽 한시의 한증막을 들락이며
땀으로 범벅된 나는 참회한다

그대에게 닿지 못한
내 마음은
함량 미달이었다

귀향

때론, 고래도
잡았겠지
출항한 지 백수를 채우지 못하고
뭍으로 귀향한 그분은
양지바른 언덕에
잠이 드셨네

철없이 꿈꾸다

이를테면

빌딩의 자동문처럼
내 생활이 스르르
열린다거나

바스켓을 통과하는
농구공같이 후련하게
내 사랑이 내리꽂힌다거나

골기퍼 겨드랑이를 지나
번개처럼 그물을 통과하자
경기 종료를 알리는
휘슬 소리 듣는다거나 하는

쓸데없이 과도한 기대치로
내 가슴은 늘 파도치고

생활을 뒤집어 놓을 태세로
힘껏 치는 화투 패처럼
내려놓지 못하는
푸르스름한 꿈을

무게

내가 밟고 있는
체중계의 표시 창에
바르르 떨고 있는 붉은
바늘이 궁금하다

왕성한 굴욕과
식욕 사이에서 흔들리는
삶의 무게, 수도 계량기처럼
숫자로 표시되는 것이 아니므로
적당히 불행하다
아니 행복하다

새벽
비 오는 거리
갯벌에 뒹굴고 온 나를
매만지고 있는 중이다

손

실내 공기가 굳어 있다

가습기가 뿜어 대는 호흡은
유리창을 흐려 놓고
잡으면 부서질 듯 바싹 마른
한 잎의 낙엽, 어머니 손이
링거 줄에 매달려
또 다른 손을 찾고 있다

한때 사람들 발걸음으로
관광지처럼 들썩이던 시절도 있었으리
노루잠 자며 자식들의 안녕을 빌던 손이
힘없이 침대에서 흘러내리고 있다

눈이 쌓이듯 처리해야 할 일들이
아직 많이 남아 있는데
예고 없이 찾아온 여인의 병
금이 간 도자기를 접착제로 붙이듯
의사는 청진기를 가슴에 대고
이리저리 살피고 있다
창문을 넘어온 포실한 햇살이

실내를 채우고 있는데

도마 소리로 소란스럽던
주방의 잔소리가 그립다

날아라 가위야

연인이 들어왔다

남자는 의자에 앉았다

귀는 잘 보이게 둥글리고요
구레나룻 살리고
앞머리 세우고
옆머리 붙일 거예요
뒷머리 자연스럽게 라인만 잡아 주세요
여자가 말했다

그녀는 입으로 머리를 자르고
양날 가위는
밤거리를 쏘다니는 봄바람처럼
남자의 머리 위를
또각또각 뛰어다닌다

씨익 웃는 남자의
눈 밑에 튄 머리 조각을 떼어 내며
멋진데!
요술 빗자루 타고 날아다니는 요정처럼
손잡고 사라지는 연인

자전거 페달을 밟고
골목길을 돌아
놀이터를 지나서
멀리멀리
날아라 가위야

파란 하늘

그대의 목소리처럼
기분 좋은
파란 하늘입니다
지나가는 행인으로 나타난
뭉게구름을 배경으로
기러기 한 마리
발자국을 남기지 않고
날아갑니다
숨김없이 모든 것을
다 보여 주는
파란 하늘입니다

제3부

뭘 하며 놀까

야, 우리 뭘 하며 놀까?

토요일 오전
유치원 꼬마 세 명
뭘 하며 시간을 보낼까
서로 부리를 맞대고 조잘거린다
참새 세 마리 놀이터로 날아가고
조용해졌다

고층 아파트
잔디밭 평상에는
말쑥하게 차려입은 앞집 할아버지
뭘 하며 놀까?
온종일 오가는 이들의 발걸음을 따라가다
되돌아와 무심히 먼 하늘을 쳐다보신다

잠이 없는 긴 밤과
할 일 없는 긴 낮의 나날
짠맛도 단맛도 잃어버린 지금
지루하게 돌아가고 있는 회전문에는
출구가 안 보인다

뭘 하며 놀까?

깻묵

그의 젊음을
압착기에 넣고 힘껏
누른다

고소한 혈액으로
볶음과 비빔의 달을 채우고
마지막 남은 한 방울까지
계란 노른자에 떨어뜨려
꿀꺽,
나는 자랐다

꽃을 떨구고
세월의 작대기에 털린 몸

한 뭉치
압축된 시간의 껍질이
문간방에 있다

자식의 거름으로

서서히 굳어 가는 엄마 굽은 등을
창문 넘어온 초겨울 햇살이
어루만지고 있다

감자꽃

아이를 낳자
어린 새끼들을 위해 스스로
꽃이길 포기한 여자

뿌리에 매달린 어린 씨알을 위해
따 주어야 감자가 튼실하게 자란다고
감자꽃을 뚝뚝
분지르는 여자

순결하면서도 슬픈 마음이었을까
흰색이라 하기엔
보라색이라 하기도
가슴에 꼭 끌어안은 연보랏빛
엄마의 꿈도 그렇게 잘렸다

꽃을 잃고도 말이 없는 감자
땅에 떨어진 꽃을
자식들은 무심히 밟고 지나간다

피아노포르테

불을 켜듯
당신의 입술이 그녀 볼에 닿는 순간
장미 꽃잎이 벙글었지요
가끔 가시에 찔려도 좋았던
꽃보다 환한 나이

짐을 쌓다 풀었다 하는
번거로운 월세 이사는
권태기를 모르던 시절이었죠

피아노 치듯
함석지붕을 내리치는 빗방울의 춤사위도
그녀 마음 식히지 못하고
저녁 하늘에 투레질하곤 했지요

결혼기념일 케이크에 촛불을 켜자
환한 얼굴이 밀려오고
조붓한 입술 사이로
비 온 뒤 죽순 올라오듯 흥흥대는
그녀의 푸른 콧소리

약한 듯
그러나 강하게

삶은 마법 같은 것

빛과 그림자는 한 몸이죠

백 년이 지나고 천 년이 지나도
나는 이 세상에 다시 태어날 수 없죠
그래서 더욱 소중하지요

앞으로 걸어가는 사람
서성이며 주변을 맴도는 사람
다시 지난 추억을 줍는 사람도
그건 스스로가 선택한
최선의 삶인 것을

해와 달과 별빛을 불러 모아
가장 부드러운 눈길로
내 마음속 그림자에
주문을 걸어요

삶은 마법 같은 것

폭설이 길을 지워도
매화는 피고

비바람이 몰아쳐도
장미꽃은 피지요

수백 년이 지나고 수천 년이 지나도
나는 이 세상에 다시 태어날 수 없죠

지금 이 순간이 가장 소중하다고
주문을 걸어요

삶은 마법 같은 것

오류역에 걸린 생각

반성은 실패의 피뢰침인가,

그땐 그 결정이 차선이 아닌
최선이었다는
많이 고민하고 결정하였다는
주사위를 던져 결정하듯
쉽게 선택하지 않았다는

한때 밤꽃 향기에 취해
밤톨 떨어지듯
툭툭 아이도 낳았는데

끝내 하나로 손잡지 못하고
세포 분열하듯
당신은 상행선
나는 하행선으로 건널 수 없는 강처럼
그대와 나 사이엔
철로가 흐르네

침묵처럼 열차 소리는 들리지 않고
소화되지 않은 기억들

되새김질하며 껌벅이는 눈동자로
타인 보듯 서로를 건너다보는
무표정한 얼굴 속에서

성난 살모사의 머리처럼 솟아오르는
생각 하나

진정, 나는
당신의 밥이 되지 못했다는

사랑의 온도

끓어,

구수한 밥
후후 불며 먹고, 먹여 주기도
배를 쓰다듬다
먹다 남은 밥
냉장고 속으로 들어간다
딱딱하게 식은
밥 한 덩이

찬밥의 변심은 다양하다

억새꽃

누구나 하나쯤
들고 다니는
빈,
머리가 하얗게 식어 갈 때까지
장삼 자락 휘날리며 꿈을 부르는
피리 소리 들린다

공중누각

구럭을 빠져나와 시장 바닥을 기어가는 게는
어디로 가나

통꽃으로 활짝 핀 진달래의 빠른 봄은
잎보다 먼저 바람 없이 제풀에 떨어지는데

금낭화의 분홍빛에 눈길 한번 안 주고
기를 쓰며 등산한 천왕봉 정상에서, 이제
어디로 가나

수리늪에 핀 연잎같이

무수히 떨어지는

빗줄기를 받아 앉고

그 무게를

더는 어찌할 수 없는

빗물의 무게를

고맙다고 인사하듯

꾸벅 수리늪에 부려 놓고

아무 일 없다는 듯

물방울 흔적 지우는

끝없는 연잎 작용 앞에서

나를 비우고

사랑하는 법을 배운다

희망이 손짓하네

아이가 달려가며 잡아 보란다
나풀거리며 깔깔대는 치맛자락이
심심하던 공기를 흔드는 공원

메마른 무기력을 잡아당기며
앙증맞은 발걸음은
나보다 먼저 뛰어간다

웃음꽃 만발한 저 생동감
봄날 아지랑이로 손짓하며
나보다 앞서가는
희망

여객선을 들여다보다

저녁 현관에는 하루의 항해를 마친
네 켤레의 신발이 정박 중이다
조약돌 같던 발
어느새 여객선처럼 커 버린 신발을 들여다보니
어린 아들이 걸어 나온다

내 삶을 야금야금 추월하는
아침 햇살 같은 어린 선장
아이가 사탕을 건네준다
유리구슬처럼 동그란 막대 사탕
내 혓바닥에 달라붙은 빨간색
기억이 달콤하다

커다란 신발이 작은 발을 감싸 안는다

세상을 향해 나아갈 아이들
날이 밝으면 승풍파랑
출항을 서두를 것이다

윷놀이

앞마당
양지에 판이 벌어지고
가족들이 모였다
가지런히 태어난 형제자매의 달리기는
엎치락뒤치락
찬바람이 기웃거리다
손뼉 소리에 놀라 아이들 뺨에 붙었다
잘 익은 석류의 얼굴들
욕심 부린다고 되는 것 아니지
신명나게 한판
몸 던지는 생의 반복
혹은
뒤집히기

정월 초하루 윷놀이는
가족들 신년 음악회다

홍성

구불구불 시골길은
보내고 싶지 않은
성님 마음

꽉 막힌 도로에서
가방에 넣어 준
홍시를 먹는다

홍시를 먹는 동안
도랑에 막힌 돌 치운 듯
차는 고속도로를 타고

주유소에서 에너지 충전한 듯
성님 마음 먹고
집으로 간다

그릇

모양과 재질도 다양한
크고 작은 그릇들은
그 나름의 소명으로 빛이 난다

화채는 투명한 유리그릇이 보기 좋고
찌개는 두툼한 뚝배기로 맛이 나며
간장은 종지가 제격인데

사람도 그 나름의
고유함을 인정해 줄 때
서로 의지하며
빛이 난다

젖어도 신나는 아이들

여름 소나기 쏟아지네
울타리 밖으로 뛰쳐나온 병아리들처럼
태권도 학원에서 나온 꼬마들로
골목이 왁자지껄 소란스럽네
소나기 맞으며 빗방울과 함께
골목을 마구 흔드네
원장님 비 맞지 말라고 소리쳐도
아이들은 흙탕물 튕기며
빗속을 뛰어다니네
담장에 걸터앉은 개나리
초록 잎도 덩달아 덩실덩실
빗물에 젖어도 신나는 아이들
연두 품은 학원 승합차 출발 소리에
휘어진 골목이 잎새처럼 당겨지네

제사

봉숭아 씨방 꼬투리를 건드리자
사방으로 톡톡 튀는 까만 눈동자들
소득과 상관없이
나날이 바쁘다는 핑계로
일 년 내 보지 못하던
형제와 사촌들도
그날이 오면
한번쯤 만나기도 하는데
평상시 불문율처럼 꺼내 놓지 못하던
이야기도 그날은 안주 삼아
마음 놓고 보따리를 풀어 놓다가
액자 밖으로 나올 수 없는
웃음소리가 걸려
콱 목 메는
그런 날 있다

제4부

새봄

사관 생도에게
연애는 불온이라고
엄포를 놓는
훈육관의 날카로운
시선을 피해
주춤주춤 다가와
안주머니에서 슬며시 꺼내 준
분홍빛 봉투를
열자, 봄은
색색의 꽃망울을
터트리기 시작했다

바람 분다

구름 한 점 없는
맑은 하늘 아래
오후 햇살이
빗살무늬로 쏟아지는 여름산
무모하게 뛰어내리는
구룡폭포 앞에 서 있다
잘 정돈된 정원수처럼
가지런히 박혀 있는
고른 치아 사이로 터져 나오는
호탕한 웃음, 그것을
폭포라고 한다면
그 폭포 속으로 뛰어든다면
버들치처럼 그 폭포 아래서
유유히 배영하며
한 시절 베어 먹는다면 하는
바람이, 치악산의 여름 숲을 흔들고 있다

대웅보전을 짓다

빙판 언덕을 올라 시 강의에 참석한 사람들
많은 곳 중 왜 절이냐고 묻는 이도 있지만
뒤차에 밀려 끼어들지 못하고
우회전으로 시를 만나듯
인연이란 예고 없이 연결되기도 한다고
연기론을 펼쳤다
장소가 어디든 무슨 상관인가
백팔배의 무릎을 받고
빙그레 침묵하고 계신 부처님
절 한 채 짓고 있는
중생의 굽은 등을 보고 계세요?
이미지와 상상력이 성냥불처럼 자주 꺼져도
씨줄과 날줄로 언어의 창을 그리고
문자로 기단과 주춧돌을 짜 맞추고 있는 밤
무심코 잠재운 지난날의 생각들이
뒤늦게 찾아와 마음 창을 두드리는데
늦은 때란 없느니
네가 꿈꾸는 그때가 바로 참시간이라는 듯
바람결에 들려오는 목탁 소리가
죽비처럼 엎드린 등을 두드리고 있다

외딴집

툇마루에 고루고루
황갈색 시간이 쌓인
흙먼지를 바람이
만지며 놀다 가고

순결을 지키려고
외딴집에 모여든 흰 눈은
스스로 추위를 녹이며 흘러
외출하고

아무도 찾지 않는
안마당의 노란 민들레꽃
혼자 웃었다, 울고
피었다, 지며

제 홀로 자정
자생하는 노파

냉풍 동굴

한여름에도 찬 기운이 도는
가곡 휴양림의 냉풍 동굴
석탄을 캐낸 흔적, 텅 빈 갱도에
흐르는 눈물샘이 있다

속이 꽉 찬 꽃게처럼
단단했던 속살 내주고
칠 남매를 키우는 사이
골다공증으로 남은 당신

어버이날
칠 남매 중 생활이 나아졌다는
소식은 들리지 않고
사는 게 다들 바쁜 게지
묵묵부답인 전화만 자꾸 들여다본다

숨가쁘게 돌아가던 풍향계가 멈췄다
서풍이 구부러진 잔등을
툭 치고 간다

동굴 속에서 흘러나오는 서늘한 바람

봄꽃

폭설주의보가 내렸다

아파트 골목길
온 힘으로
밀어 올리던 꽃망울에게
흰 눈이 자꾸 주먹질이다

까짓 것
한판 붙어 보자는 거지?
가지 위에 쌓인 눈 사이로
개나리 꽃망울이 배냇니처럼
솟아오르고 있다

결국, 이겼구나
긴 겨울밤과
눈보라를 헤치고
시린 발로 도착한
세상

웃어라
활짝!

둥근 관심

여름휴가 기간
출퇴근을 잠시 밀어 놓고
뒷산 계곡물에 발 담그며
한나절 송사리들과 놀았습니다
무릉계곡이나 우도의 풍광 못지않은
어슬렁거림의 여유가
참으로 편안했습니다

한 돌로 차오르는
아기의 발자국을 따라
한 걸음 뒤에서 양 손을
뒤뚱이며 따라가는
할머니의 사랑이
지나가는 이의 눈길을
붙잡았습니다

오랫동안
소식 없던 친구가
그냥 전화했어! 라는
말을 들을 때처럼

여울지는 사연과
널뛰기하는 세월 속에서
어두운 동굴에 켜 놓은
한 자루의 촛불 같은
야트막한 사랑이 생의
뜨거운 버팀목입니다

술의 씨앗

술이 익어 가는 소리가
양철지붕을 내리치는
빗방울 소리만큼 요란합니다

누룩을 품은 항아리
술의 씨앗이 뿌리를 내리느라
부글부글 몸이 뜨겁습니다

마른 목을 축이고 벗이 되어 줄
막걸리 한 사발
장소에 따라 맛이 달라지는 것은
햇빛과 바람, 땅의 숨결이 다르기 때문입니다
누룩이 다르면 술맛도 다릅니다

숙성 정도를 알아보기 위해 맛본
혀끝의 미각은 새콤했습니다
내게로 온 갈증의 씨앗이 잘 익을 때까지
천 개의 눈동자를 열어 놓겠습니다

잡초

개량 한복집 쇼윈도

세상에

잡초는… 없다 란 문구가

생각을 잡아당긴다

나 같은 잡초는 없어져야 해,

입에 달고 다니며 소주를 사이다처럼 마셨던

당숙 아제가 사라진 후

증조할아버지의 산소는 잡초가 무성했다

대나무

속이 비었다고
수런거리지 말자

몸을 후려치는 폭우도
툭툭 털고 다시 일어서네

초록 꿈 키우고
바르고 강직하게 살라고

마디마디 고인 사랑
몸으로 보여 주시는
아버지

붉은 고로쇠나무

젖을 물리듯
두 개의 비닐봉지를 매달고 있네

뼈에 좋아 골리수라 불렸다는
고로쇠 수액

제 생명수를 빼앗아 먹은 내게
잘 지내라고 나뭇가지 흔들어 주네

나누는 건, 소중한 걸 너에게 주는 것
발바닥이 후끈거리네

산에 안기다

수천 트럭의 친구들이 실려 가고
전쟁터 같았어
살아남은 나무들은 떨었고
산의 아랫도리가 뚝 잘려나갔지

우리들은 즐거웠지 내 쉴 곳은 신도시라며
건물의 키가 빨리 자라길 바랐어
나무가 있던 자리엔 크고 작은
빌딩들이 거만하게 자랐고, 아이들은 태어났지

건물과 건물 사이에 단정하게 끼어 있던
사람들은 무한 경쟁으로 몸과 마음이 시들었지
점점 지쳐 가던 우리는, 자신도 모르게
숲을 찾았지

이제 알았어
우리가 밀어낸 산은 새와 나무, 벌레들의 집이며
언제든 나를 받아 주는 어머니 품이란 걸

시드니 아침

시드니의 아침은 화창하다고 했다

두 시간의 시차와
비행기로 열한 시간을 날아야 하는
이곳은 비가 내린다
그 거리를 초고속 광램으로 달려와
너는 스마트폰 안에서 웃고 있다

토익 죽순을 키우고자 떠난 딸과
한바탕 수다가 이어지고
심드렁한 기분이
물 먹은 식물처럼 싱싱해졌다

자식이란
안 보이면 갑갑하고
밖에 내놓은 그릇처럼 불안해도
염려보다 훨씬 강하게
잘 살고 있다

너는 거리를 초월한 햇빛으로 나를 비추고 있다

순응하다

말도 많고

살아 있는

물은

몸 낮추고 저자세로

흐르고 흘러야

넓은 바다에

다다를 수 있다

받아 주세요, 몸의 시 그리고 시의 몸

권성훈(시인 · 문학평론가)

1

　선물, 그것은 발신자와 수신자 사이 존재하는 물질이다. 이 물질은 사람의 내면을 매혹하는 성질이 있다. 선물은 발신자와 수신자의 유혹과 매료의 대상이 된다. 이것은 단순한 정(精)에 관한 교감 가능한 교환 조건보다 더 복잡해진 사회를 대변해 주는 물질인 것 같다. 사실 우리가 주고받는 선물은 포장을 해체하면 내용물을 알 수 있지만 그 마음까지 온전하게 살필 수 없다. 선물 자체만 가지고 발신자와 수신자에 대한 크고 작은, 길고 짧은, 높고 깊은 마음의 크기와 높이와 부피 등을 가늠하지는 못하기 때문이다. 선물은 본질적으로 정(精)이 포장되어 있다고 할 것이므로 이 정은 벗길 수 없고, 벗긴다고 하더라도 원래의 순수함에서 벗어난 해체된 정서일 것이다. 그러므로 이 정을 선물이라는 물질로 완전하게 교환할 수 없다고 여겨진다. 발신자는 수신자를 위해 선물을 고르는 순간 물질이 개입하게 되고, 이때 수신자에 대한 마음의 측량치는 왜곡을 불러올 것이다. 오히려 '선물' 이라는 물질은 발신자와 수신자에 대한 '정신의 간격' 을 '차연' 시키면서 '정서의 거리' 를 '오염' 시킬 수 있다. 그렇지만 여전히 선물에는 물질만이 대변할 수 있는 비밀이 있다. 자크 데리다(1930~2004)의 해체론에서 선물은 이중의 의미를 지닌다. 선물은 흔적이면서 사건이고, 사건이면서 차연이다.(김상환, 『철학과 인문적 상상력』, 문학과지성사, 2012, p246~247) 이 '흔적' 은 '상징적 대과의 방식' 으로서 '증여의 사건' 이 남긴 것이라고 말한다. 이러한 '상징계의 언어' 는 '용서와 화해' 를 촉발하는 '대과의 산물' 이며 그것을 대체하는 것, 그것이 '선물' 이다. 그렇다면 상징적 언어로서 선물은 흔적과 사건 그리고 그것이 남긴 차연의 잉여물이 아닐까.

최대희 시인, 그녀의 이번 두 번째 시집 『선물』을 통해 사건의 흔적을 발견할 수 있을까. 그렇다면 사건과 더불어 차연되어진 상징계의 비밀도 살필 수 있을 것이다. 먼저 그녀의 표제 시 「선물」에서 '먼 산을 물들이고/동구 밖을 물들이고/건널목을 물들이던/가을이 찾아와/앞마당 모서리가 환합니다' 라고 언술하고 있다. 여기서 동사 '물들이다' 가 지목하는 것은 명사 '산' 과 '동구 밖' 과 '건널목' 이다. '물들이다' 는 사건의 흔적이지만 '산' '동구 밖' '건널목' 은 흔적의 대상들이다. 즉 발신자는 가을이고 수신자는 이러한 명사들이 된다. 이러한 사건을 있게 한 것은 '계절의 갈피 속, 방황하고 투정했던 나날' 들이다. 계절의 갈피 속에 비밀이 숨겨져 있고, 그 비밀은 방황과 투정의 나날이라는 것이다. 결국 시인은 '내 선물 중 가장 소중한 것은/단 한 번뿐인 시간바다' 라고 고백한다.

이제 시인의 책갈피 속 시어를 펼치면 그녀의 '가장 소중한 선물'을 볼 수 있을까. 방황하고 투정했던 사물 속의 날들을 언어의 바다에서 찾을 수 있을까. 분명한 것은 이 사물은 언어로 표현 가능하며 시인의 언어는 존재와 존재 사이에서 끊임없이 변화하는 경로에 주목한다. 이 '경로'는 '사건의 흔적'이며 '차연의 기록'이 아닐까.

술이 익어 가는 소리가
양철지붕을 내리치는
빗방울 소리만큼 요란합니다

누룩을 품은 항아리
술의 씨앗이 뿌리를 내리느라
부글부글 몸이 뜨겁습니다

마른 목을 축이고 벗이 되어 줄
막걸리 한 사발
장소에 따라 맛이 달라지는 것은
햇빛과 바람, 땅의 숨결이 다르기 때문입니다
누룩이 다르면 술맛도 다릅니다

숙성 정도를 알아보기 위해 맛본
혀끝의 미각은 새콤했습니다
내게로 온 갈증의 씨앗이 잘 익을 때까지
천 개의 눈동자를 열어 놓겠습니다

_「술의 씨앗」 전문

그녀는 술이 발효되어 가는 소리에 귀를 기울인다. '발효'

는 '희생과 인내'가 빚어내는 새로운 탄생이다. 이 탄생은 이전의 자신을 녹여서 그 자리에 새로운 물질을 생성한다. 그렇지만 이 시간은 오래 기다린다고 쉽게 오지 않는다. 한 여름날 누룩은 항아리에서 '빗방울 소리만큼' '양철지붕을 내리치는' 소리를 내며 '부글부글 몸이 뜨겁'게 달아올라야 만이, 누군가의 '마른 목을 축이고 벗이 되어 줄/막걸리 한 사발'이 될 수 있다. 시인은 '발효'라는 사건의 현장에서 '차연'을 통해 '숙성' 되어진 흔적을 통해 비로소 잘 익은 술이 된다. 그리고 '마른 목을 축이는' 선물이 될 수 있음을 인식하게 한다. 따라서 '누룩'은 '차연'을 있게 한 비밀이면서 '시'를 발현시킨 '자극물'이 된다.

그렇지만 '누룩'이라는 '술의 씨앗'은 수신자와 교환 조건에 의한 것이 아니다. 이를테면 발신자의 발효는 수단을 위한 것이 아니라 오로지 수신자의 '갈증 해소'와 '혀끝의 미각'을 위해 두 번에 걸쳐 자신을 녹인 흔적인 것이다. 이로써 '내게로 온 갈증의 씨앗이 잘 익을 때까지/천 개의 눈동자를 열어 놓겠습니다'라는 숙성된 성찰을 보인다. 그녀는 스스로에 대하여 갈증을 해소한 누룩처럼 익어 가기 위해 '천 개의 눈동자'로 이글거리겠다는 의지를 관철시킨다.

감자를 볶으며
간이 맞나 한 조각 집어 먹는다
설익고 싱겁다, 소금을
조금 더 뿌렸더니
짜졌다

송화는 소나무의 꽃이고

소금은 바다의 꽃이다

염전 옆 해송에서 날아온
송홧가루가 섞여
소금의 제왕이라는 미색 소금

금싸라기 같은 인연으로
오월에 만난 당신은 송홧가루로
나에게 스며들고

한 생을 압축한 결정체

어긋난 생각 속
물결치는 내 감정을 잠재우기 위해
간의 기울기를 조절하고 있다

_「송화 소금」 전문

이 시 역시 「술의 씨앗」과 같은 동일성을 보인다. '송화 소금' 은 '염전 옆 해송에서 날아온/송홧가루가 섞여/소금의 제왕이라는 미색 소금' 이 된다. 그녀는 이것을 '금싸라기 같은 인연' 으로 비유하며 '한 생을 압축한 결정체' 라고, 소금이라는 대상을 상징적 질서에 편입시킨다. 이것은 '소나무의 꽃' 과 '바다의 꽃' 이 결합하여 '송화 소금' 으로 생산되는 과정을 통해 그 흔적을 찾아낸다. 이때 단순히 '송화 소금' 을 재현하는 것이 아니라 대상보다 더 실재적인 기호, 대상을 새로운 기호의 영역으로 재생되어 숭고함이 발휘된다. 이렇게 '상징적 질서' 에 편입되어 '주체' 보다 더 실재적인 '대상' 을 창조하는 '기표' 가 된다. 마치 시뮬라크르처럼 재현된 기

호, 그것을 '송화 소금'이라고 부른다. 즉 상징적 가치의 우
월한 기호로서 산(송화)과 바다(소금)가 '합일'되면서 '차
연'되는 동안 자연이 주는 선물을 포란하게 된다. 이것은 그
녀의 시편에서 주로 드러나는 주제 의식으로 '배꼽'은 '내
삶의 근원이며/생명의 방패연줄/오늘도 균형 감각을 유지하
며/생의 게임을 풀어 가는 건/배꼽이 준 나의 몫/나의 과제
다'(「붉은 배꼽」)에서 '생각의 중심점'과 '붉은 배꼽'으로
나타나며, '고로쇠'는 '젖을 물리듯/두 개의 비닐봉지를 매
달고 있네//뼈에 좋아 골리수라 불렸다는/고로쇠 수액//제
생명수를 빼앗아 먹은 내게/잘 지내라고 나뭇가지 흔들어 주
네/나누는 건, 소중한 걸 너에게 주는 것/발바닥이 후끈거리
네'(「붉은 고로쇠나무」)에서 '수액'과 '생명수'를 빚어내고
있다.

2

　위의 시편들은 자연의 근원지에서 발화되는 시어들의 흔적
들을 매개하고 있다. 그렇지만 그 다음 시편에서는 외부로
향했던 시선이 내부로 변화한다. 그것은 여성의 몸에 대한
사유로 천착한다. 이른바, 남성과 여성의 몸은 다르다. 다름
의 문제는 같아짐으로 환원될 수 없는 생물학적, 사회학적 의
미를 가지고 있다. 여성의 몸은 생물학적으로 생명을 생성하
는 공간이면서 제한적인 요소로서의 기관이다. 여성은 남성
에 비해 사회학적으로 취약적이기 때문에 열등의식을 가진
다. 이것을 프로이트(1856~1939)는 '여성의 열등감을 무의
식적으로 남근 결손이 가져온 남근 선망'이라고 하였지만 융
(1875~1961)은 '무의식의 아니마·아니무스에서 동·서양 사

98

상의 인류 보편적 원형을 발견하고, 남성에게는 여성에 대한 경험의 전체이며 여성에게는 남성에 대한 경험의 전체로서 인간 정신 속에 전승된 여성 속의 남성성이며 남성 속의 여성성이다.' (이부영, 『아니마와 아니무스』, 한길사, 2001, p25~37) 여성의 몸은 초월적인 세계를 넘다드는 상징적 우주를 간직한 불멸의 시적 공간이다. 그 생성의 공간 안에서 숨 쉬는 생명력은 인류가 태어나고 회복되는 지대이며, 삶과 죽음이 내재되어 있는 장소다.

오늘날 여성 시에서 여성의 몸을 형상화할 때 두 가지 양상을 띠는 듯하다. 사회적 주체로서의 페미니즘과 생태적 주체로서의 에코페미니즘이 그것이다. '페미니즘'은 '주체적 여성'이라고 한다면 '에코페미니즘'은 '대지적 여성'이라고 할 수 있다. 이를테면 사회적인 기표로서의 여성성과 무한한 생명성의 여성성이다. 이러한 경향은 폭력적인 언어를 통한 여성의 몸을 해체하여 세계에 대응하는 주체의 모습을 창조해 나가기도 하고, 생명의 근원성을 탐구하기도 한다. 그것은 여성의 육체에 가해지는 현대성의 폭력으로서 인정받지 못한 주체의 비극성이라는 점이다. 비극적인 주체로서의 여성, 그리고 폭력적인 현실에서 발현된 기표로서 상실된 심연의 욕구를 불러오고 있다. 그녀의 시를 통해 여성성을 회복하려는 의지와 양상을 살필 수 있을까. 시인은 '여성의 몸'으로서 혹은 '사물의 몸'으로서 '사건의 흔적'을 발견하기도 한다. 그러나 존재의 몸에 집중하는 그녀의 접근방식은 욕망으로서 몸을 보여 주는 것이 아니라 사변의 몸으로 경계 밖에서 해제된 존재의 욕망을 인식하게 한다.

　한쪽 벽을 장식한 붙박이장 안에는 알맹이 없는 자존심이 촘촘히 걸려 있다.

　계절의 변화를 두께로 알려 주는 옷들 중, 올겨울엔 한번도 찾은 적 없는 빨간색 코트가 눈에 띄었다. 그 코트와 만난 건 오 년 전, 의류 코너를 돌다 내 시선을 사로잡아 애인 데려오듯 덜컥 집으로 같이 왔다. 사무실이나 놀이공원, 주점을 다니며 시간을 함께 색칠했고, 주변을 맴돌던 고추바람도 코트 속으로 뛰어들지 못했다. 옷장 문이 열릴 때마다 두근거리는 맘으로 단정히 줄 서서 간택을 기다리는 옷들, 빨간색 코트를 꺼내 입는 순간 금빛 단추가 눈빛을 반짝였다. 자존심을 걸치고 내가 따라다닌 붙박이 인생의 내가 바로 옷걸이었다.

_「옷걸이」 전문

　옷장에 진열된 옷은 살아 있는 것이 아니라, 몸에서 분리된 물질이다. 말하자면 붙박이장에 있는 옷들은 몸을 포장했던 천일뿐이다. 옷은 착용했을 때 드디어 옷이 되지만 몸과 분리된 상태에서는 '알맹이 없는 자존심' 일 뿐이다. 그녀는 몸을 입고 있던 옷 중 '빨간색 코트' 에 시선을 고정한다. '이 옷은 오 년 전, 의류 코너를 돌다 내 시선을 사로잡아 애인 데려오듯 덜컥 집으로 같이 왔다.' 충동구매로 산 옷은 옷장에서 자신을 입어 줄 몸을 기다리고 있다. 옷은 여성의 다른 기표로서 존재하며 두근거리는 마음으로 간택을 기다리고 있는데, 그것은 '인생의 내가 바로 옷걸이었다.' 라고, 그녀는 '옷걸이' 와 동일화하고 있다. 이것은 붙박이장, 옷, 옷걸이와 집에 갇힌 여자와의 대결 구도가 아니라 무의식적 동일화로서 여성의 몸에 대한 기의를 읽어 내는 수단이다. 라캉의 '무의식의 법칙' 은 은유와 환유를 통해 궁극적으로 말하고자 한 바를 전달한다. 무의식이 옷장에 있는 옷을 통해 시인의 자아 의식을 검열하게 되고, 이 '빨간색 코트' 처럼 '간택' 을 기다리는 욕망이 무의식적으로 드러나는 것이다. 수사학적으로 무의식은 의식적 언술의 틈새를 비집고 나온 꿈과 같은 연상작용의 은유로서 여성을 드러낸다. 옷장의 옷은 몸을 감싸고 있던 포장지에 지나지 않지만 이러한 그녀의 수학적인 은유는 궁극적으로 자신의 내면과 세계에 대한 욕망의 긴장관계를 통해 자기 탐색 과정에 이르게 된다.

아이를 낳자
어린 새끼들을 위해 스스로
꽃이길 포기한 여자

뿌리에 매달린 어린 씨알을 위해
따 주어야 감자가 튼실하게 자란다고
감자꽃을 뚝뚝
분지르는 여자

순결하면서도 슬픈 마음이었을까
흰색이라 하기엔
보라색이라 하기도
가슴에 꼭 끌어안은 연보랏빛
엄마의 꿈도 그렇게 잘렸다

꽃을 잃고도 말이 없는 감자
땅에 떨어진 꽃을
자식들은 무심히 밟고 지나간다

_「감자꽃」 전문

그녀는 여성의 몸을 감자꽃으로 치환하기도 한다. 이러한

은유에 대해 라캉은 '은유를 한 기표가 다른 기표로 대체되
는 과정에서 의미를 만들어 낸다.'고 했다. 은유는 단지 한
기표를 다른 기표로 대체하는 치환 과정이며 대체된 기표가
다른 기표들로 결합될 때 의미가 확대된다. 이를테면 '감자
꽃'이라는 기표는 여성의 몸을 읽어 내는 기표인데, 이렇게
대체된 기표는 여성의 몸과 감자꽃의 결합이지만 결핍의 다
른 얼굴이다. '아이를 낳자/어린 새끼들을 위해 스스로/꽃이
길 포기한 여자' 즉 여성의 몸에서 부재한 '아이'로 인해 여
자는 꽃이길 포기한다. 부재를 채우려는 욕망보다는 '어린
씨알을 위해' 자신을 분지르는 여성적 어조를 통해 꽃이 꽃
이길 포기하는 '비장미'를 보인다. 이러한 '의미의 확장'은
'여성과 감자의 결합'으로부터 '희생'이라는 '숭고미'를 자
아낸다. '여성의 몸'을 '감자꽃'으로 발현함으로서 '여성이
라는 기표'와 '감자꽃이라는 기표' 관계에 의해 생략된 결여
를 낳고 결여를 채우고자 하는 '욕망의 이동'이 숭고미를 산
출하고 있다. 이를테면 '순결' '흰색' '보라색'으로 있던
'엄마의 꿈도'를 '꽃을 잃고도 말이 없는 감자'를 통해 알레
고리하고 있다. 이렇게 '감자꽃'이라는 대상은 결핍된 여성
의 몸에서 발현된 상상력의 산물이다. 그녀는 '감자꽃'으로
서 여성의 몸이 대가 없는 선물을 잉태하는 시공간이라는 사
실을 시사해 준다.

　최대희의 몸에 대한 사유는 몸과 사물을 치환하여 은유하
고 있는데, 근간에는 '모성'이라는 희생성으로서 비애를 낳
고 있다. 이를테면 '냉풍 동굴'을 '속이 꽉 찬 꽃게처럼/단단
했던 속살 내주고/칠 남매를 키우는 사이/골다공증으로 남은
당신'(「냉풍 동굴」)이라고 호명하기도 하고, '선인장'을 '가

장 여린 속마음 보이지 않으려고/온몸을 장식한 가시 위로’
‘제 몸에 많은/가시를 찔러 본 사람만이 느끼는’ (「선인장」)
존재라고 회화하기도 한다.

3

최대희의 선물은 대가의 교환 방식이 아니라 절대적 희생
정신을 묵도하고 있다. 대상을 위한 주체의 희생, 고통 받지
만 고통스럽지 않는, 이른바 ‘대지적 여성성’의 ‘에코페미니
즘’을 보인다. 이때 그녀의 시쓰기는 여성의 몸을 결여로서
욕망하는 ‘상실의 획득’을 찾아볼 수 없다. 오히려 ‘상실의
응시’를 통해 존재 자체의 근원성을 발견하게 한다. 예컨대
잃어버린 것을 통해 자아를 회복하려는 희구 의식이 아니라
‘순결하면서도 슬픈’ (감자꽃) 존재의 내면을 성찰함으로 근
원적 자의식을 불러온다.

이렇게 최대희는 여성의 몸을 억압으로 보고, 이를 금욕적
으로 제거하거나 세계 밖으로 이항시켜 상실과 압박에서 벗
어나고자 하는 탈욕망을 보이지 않는다. 그렇다면 그녀가 여
성의 몸을 인용하여 말하려 하는 것은 무엇일까. 무엇이 그
녀를 시쓰기의 욕망을 욕망하게 하는가. 몸이 욕망하는 것의
욕망은 그녀의 ‘잃어버린 것의 응시’를 말할 수 있을까.

우리에게 에로티시즘은 성적인 욕망으로서 이른바, ‘생과
사’를 경험하는 ‘죽음의 축소판’이라고 할 수 있다. 남녀의
성행위는 황홀한 의식으로 절정의 순간 극도의 착란 속에서
아이러니하게도 의식을 잃고 무아지경에 빠진다. 여기서 잠
시 경험하게 되는 죽음은 에로티시즘의 극치로서 금기와 위
반의 주체가 되는 것이다. 죽음과 견줄 만큼 황홀한 상태의

‘에로티시즘’은 ‘금기와 위반’의 경계를 넘나들면서 ‘역사의 번성’과 ‘인류의 번식’을 해 왔다. 즉 에로티시즘의 금기, 그리고 상반되는 위반을 통해 남녀의 불평등한 관계를 극복하고 인간성을 회복함으로써 도달하려고 하는 세계, 그것에 반응하는 그녀의 시선이 여성의 몸에 포착된다.

    몸이 그녀를 집중한다

    부드럽게 만져 주면 부드럽게 노래하고
    우악스럽게 만져 주면 날카롭게 반응하는

    때론 찾는 이가 없어
    침묵에 잠길 때도 있지
    시간을 정해 놓은 것도 아니고
    약속을 미리 한 것도 아니지만
    그녀만의 규칙은 있다
    누군가 먼저 손을 내밀어야 마음 여는
    도도한 여자

    한 남자가 그녀에게 집중하자
    그녀의 노래가 시작되었다
    산등성이를 넘어가는 말발굽 소리
    저수지 연잎 품속으로 뛰어드는 빗방울 소리로
    저음과 고음 사이를 오가며
    화답하는,

_「피아노」 전문

    그녀는 에로티시즘에 대해 수동적 자세를 취하면서 여성의 몸을 피아노로 메타포한다. 여성의 몸은 피아노가 되어 피아노를 치는 대상의 몸에 집중된다. 그녀의 몸은 주체가 아니라 대상을 통해 작동하는 피동적 주체다. 그녀는 주체로서 대상이 되고, 대상은 주체를 움직이는 주체가 된다. 마치 애완용 동물처럼 대상으로부터 길들여진 주체다. 그렇지만 앞서 본 시편들처럼 '꽃을 잃고도 말이 없는 감자'(「감자꽃」) '골다공중으로 남은 당신'(「냉풍 동굴」) '가시 내면에 흐르는 끈끈한 애련'(「선인장」) 같이 절대적인 피동적 어조가 아니다. '부드럽게 만져 주면 부드럽게 노래하고/우악스럽게 만져 주면 날카롭게 반응하는' 인간적인 여성이다. 그런데 이 시의 화자인 피아노처럼 '그녀만의 규칙은 있다' 이 규칙은 여성의 몸이 '혼돈과 광기'가 아니라 '절제와 조절'로서 '과잉의 범람을 막는 질서'를 보여 준다. 그것은 '누군가 먼저 손을 내밀어야 마음 여는/도도한 여자'로서 '침묵' '시간' '약속' 속에 '한 남자가 그녀에게 집중'하길 기다린다. 그녀는 이 기다림 끝에 조탁하는 주체로서 '그녀의 노래'는 '말발굽 소리'로, 때로는 '빗방울 소리'로 '저음과 고음'으로 화답하게 되는 것이다. 이렇게 그녀는 여전히 능동적인 주체가 아니라 수동적인 주체로서의 존재성을 보인다. 여기서 시인이 여성의 몸으로서 세계와 조응하는 현실 인식을 찾을 수 있다. 그것은 주체로서 세계로 진입하기보다는 대상을 통해 주체로 나아가길 바란다. 그녀는 대상과 주체 사이에서 하나의 대상으로부터 주체가 되고, 주체가 되는 순간 그 대상에게만 자신을 온전히 맡겨 소리를 낼 수 있게 된다.

　모양과 재질도 다양한
　크고 작은 그릇들은

그 나름의 소명으로 빛이 난다

화채는 투명한 유리그릇이 보기 좋고
찌개는 두툼한 뚝배기로 맛이 나며
간장은 종지가 제격인데

사람도 그 나름의
고유함을 인정해 줄 때
서로 의지하며
빛이 난다

_「그릇」 전문

그녀의 '시쓰기'는 '모호함의 다양성'보다는 '다양성의 다의함'을 추구하는 것으로 보인다. '모양과 재질도 다양한' 주체가 가진 것들에 대한 '크고 작은' 혼돈을 명료함으로 전환시킨다. 그것은 '그 나름의 빛'이며 이 빛은 '소명'이다. 이 시에서 보여 주듯 '비움'과 '채움'의 미학을 담고 있는 '그릇'으로 현현된다. 그릇은 제작될 때부터 그 나름대로의 용도가 있다. '유리그릇' '뚝배기' '종지'라는 기표가 담아 낼 수 있는, 기의는 '화채' '찌개' '간장' 등의 내용물이다. 그릇의 용도는 제작 단계에서 결정되며 거기에 맞는 진료가 쓰일 뿐이다. 즉 그릇은 기의를 담는 포장이며, 이 포장은 그릇의 용도라는 기표에 의해 결정된다는 것인바, 그릇과 용도는 상하적이면서도 상호적인 것으로 해석된다. 이렇게 그녀는 그릇의 몸과 사람의 몸을 치환하면서 '사람도 그 나름의/고유함을 인정해 줄 때/서로 의지하며/빛이 난다'는 것이다.
　이것은 그녀의 '세상 살기'이며, 그녀만이 발휘할 수 있는

‘시인의 소리’다. 그러므로 그녀의 삶의 방식이 그대로 ‘시 쓰기’에 투과된 것이라고 해도 무방할 것 같다. 그러나 이러한 삶의 방식—시쓰기 방법은 녹록하지 않다. 때로는 ‘왕성한 굴욕과/식욕 사이에서 흔들리는/삶의 무게’를 경험해야 하고, 잠을 설쳐 가면서 ‘새벽/비 오는 거리/갯벌에 뒹굴고 온 나를/매만’(「무게」)져야 한다. 여기서 우리가 간과할 수 있는 것의 중심에는 ‘존재와 사물’에 관한 ‘애정과 관심’이 있어야 한다. 이를테면 ‘여울지는 사연과/널뛰기하는 세월 속에서/어두운 동굴에 켜 놓은/한 자루의 촛불 같은’(「둥근 관심」) 관심으로 타자와 조탁해야 하고, 세계를 향해 꺼지지 않는 불꽃으로 자신을 태울 수 있어야 한다.

4

지금까지 우리는 최대희의 『선물』이 있기까지 그 흔적들을 보았다. 이 흔적은 ‘술의 씨앗’ ‘송화 소금’ ‘붉은 배꼽’ 등과 같이 발효의 기다림으로, ‘옷걸이’ ‘감자꽃’ ‘냉풍 동굴’ ‘선인장’ 등과 같이 대지적 여성으로서, ‘피아노’ ‘그릇’ ‘무게’ ‘둥근 관심’ 등과 같이 에로티시즘으로 형상화되어 있다. 이 시편들 대부분은 ‘주체의 몸’과 ‘존재의 몸’을 ‘대상물’로 치환하며 ‘시적 변주’를 보인다. 그것은 그녀의 삶에 대한 증여의 사건이 남긴 상징적 기표다. 그러나 그녀의 언어는 세계에 대한 갈등과 충돌, 반항과 이항, 진보와 약진 등 대립적 이항과는 거리가 멀다. 그녀의 시선은 세계에 대한 이해와 반성 그리고 화해하는 과정에서 생성된 대과의 선물이며, 존재의 몸을 통해 타자와 세계 간 빚어 내는 조탁을 ‘선물’이라는 기표로 포장한다. 그러나 현실의 그녀는 ‘삐딱하게 닳은 구두 뒤축이여/평이한 삶은 아니었다/허겁지겁 입 안으로 집어넣은 음식물처럼’ (「중년」) 지난한 인생의 고개를 넘어 ‘중년’ 이라는 나이에 이르렀다. 중년은 초년과 노년 사 이를 구별 짓기 위한 시간의 구분법이다. 그녀는 중년을 ‘화 장으로 세월을 위장한’ ‘십이월의 암갈색 외투’ (「중년」)라고 말한다. 그러나 ‘십이월의 암갈색 외투’ 를 입은 암연한 중년 이지만 대상을 위한 ‘선물’ 로 포장된 하나의 주체라는 점을 암시한다.

　　그의 젊음을
　　압착기에 넣고 힘껏
　　누른다

　　고소한 혈액으로
　　볶음과 비빔의 달을 채우고
　　마지막 남은 한 방울까지
　　계란 노른자에 떨어뜨려
　　꿀꺽,
　　나는 자랐다

　　꽃을 떨구고
　　세월의 작대기에 털린 몸

　　한 뭉치
　　압축된 시간의 껍질이
　　문간방에 있다

　　자식의 거름으로

서서히 굳어 가는 엄마 굽은 등을
창문 넘어온 초겨울 햇살이
어루만지고 있다

_「깻묵」 전문

　문학에서 '산문'은 '축척의 원리'를, '시'는 '압축의 원리'를 따른다. 우리는 존재와 존재, 시간과 시간, 길과 길 사이를 살아왔다. 이 축척된 것을 여과 없이 언어로서 압축한다고 할 때, 그 벌어진 거리와 거리 사이를 메우는 작업이 바로 시가 된다. 그렇다면 시는 삶의 거리와 거리를 불러와, 그 사이와 사이를 압축함으로써 생성되는 분비물을 언어화한 것. 그것이 시가 아닐까. 그녀는 살아왔던 과거의 '그의 젊음을/압착기에 넣고 힘껏/누른다' 이때 가해지는 강도와 흘러나온 분비물이 비례하지 않을까. 우리는 그 분비물로써 포장을 해체하지 않고도, 그 내면을 확인할 수 있을까.

　축척된 그녀의 삶은 '꽃을 떨구고/세월의 작대기에 털린 몸'이며, 그것은 '한 뭉치/압축된 시간의 껍질이/문간방에 있다'라고 한다. 결국 '여성의 몸'은 '자식의 거름'으로서 살아온 삶의 축척된 본질이며, 이러한 존재적 사유가 압축된 글쓰기로 현현된다는 사실이다.

　최대희 시인, 지금까지 그녀의 언어에서 발견되는 흔적은 사건의 흔적, 갈등의 흔적, 차연의 흔적 즉, 이것이 선물이다. 이 선물은 그녀가 수신한 몸의 기의를 포장한 기표일 뿐이다. 존재와 존재 사이에서 벌어지는 사건을 몸이라는 존재의 내재성에 주목하여 주체와 대상, 대상과 주체의 '변이'와 존재의 '자리바꿈'을 보여 주고 있다. 또한 그녀는 우리에게 사물을 불러와 사물 속에 각인된 그 형식을 버리고, 새로운 기의를 주입하여 존재의 흔적을 압축하여 보여 준다. 따라서 최대희 시인의 『선물』은 '가끔 가시에 찔려도 좋았던/꽃보다 환한 나이'(「피아노포르테」)에 이르러 '몸의 시'를, '시의 몸'이라는 언어를 빌려 존재를 암유적으로 용서하며 세계와 은유적으로 화해하는 과정을 우리에게 '선물'한다.